R. VIVIEN

Études et Préludes

FAC ET SPERA

PARIS

ALPHONSE LEMERRE, ÉDITEUR

23-31, PASSAGE CHOISEUL, 23-31

M DCCCCI

Études et Préludes

R. VIVIEN

Études et Préludes

PARIS

ALPHONSE LEMERRE, ÉDITEUR

23-31, PASSAGE CHOISEUL, 23-31

—

M DCCCCI

A *K*......

Dédicace

DEDICACE

LORSQUE *tu vins, à pas réfléchis, dans la brume,*
Le ciel mêlait à l'or le cristal et l'airain.
Ton corps se devinait, ondoiement incertain,
Plus souple que la vague et plus frais que l'écume.
Le soir d'été semblait un rêve oriental
De rose et de santal.

Je tremblai. De longs lys religieux et blêmes
Se mouraient dans tes mains, comme des cierges froids.
Leurs parfums expirants s'échappaient de tes doigts
Dans le souffle pâmé des angoisses suprêmes.
De tes clairs vêtements s'exhalaient tour à tour
      L'agonie et l'amour.

Je sentis frissonner sur mes lèvres muettes
La douceur et l'effroi de ton premier baiser.
Sous tes pas, j'entendis des lyres se briser
En criant vers le ciel l'ennui fier des poètes.
Parmi des flots de sons languissamment décrus,
      Blonde, tu m'apparus.

Et l'esprit assoiffé d'éternel, d'impossible,
D'infini, je voulus moduler largement
Un hymne de magie et d'émerveillement.
Mais la strophe monta puérile et pénible,
Piètre et piteux effort rempli de vanité,
      Vers ta Divinité.

Bacchante triste

BACCHANTE TRISTE

Le jour ne perce plus de flèches arrogantes
Les bois pleins d'ombre tiède et de rayons enfuis,
Et c'est l'heure troublée où dansent les Bacchantes
Parmi l'accablement des rythmes alanguis.

Leurs cheveux emmêlés pleurent le sang des vignes,
Leurs pieds vifs sont légers comme l'aile des vents,
Et le rose des chairs, la souplesse des lignes
Remplissent la forêt de sourires mouvants.

La plus jeune a des chants qui ressemblent au râle :
Sa gorge d'amoureuse est lourde de sanglots.
Elle n'est point pareille aux autres, — elle est pâle,
Son front a l'amertume et l'orage des flots.

Elle est ivre à demi, mais son ivresse est triste,
Sans éblouissements de rêves amoureux :
Le vin de pourpre et d'or, où le soleil persiste,
Le vin des vieux chanteurs lui laisse un goût fiévreux.

Tout en elle est lassé des fausses allégresses.
Le sel mordant des pleurs, qui désole et meurtrit,
Vient corrompre la flamme et le miel des caresses :
Aux festins, elle seule est sombre quand on rit.

Car elle se souvient des baisers qu'on oublie,
Elle n'apprendra pas le désir sans douleurs,
Celle qui voit toujours avec mélancolie
Au fond des soirs d'orgie agoniser les fleurs.

Chanson

CHANSON

Ta voix est un savant poème...
Charme fragile de l'esprit,
Désespoir de l'âme, je t'aime
Comme une douleur qu'on chérit.

Dans ta grâce longue et blêmie,
Tu reviens, du fond de jadis...
O ma blanche et lointaine amie,
Je t'adore, comme les lys!

On dit qu'un souvenir s'émousse,
Mais comment oublier jamais
Que ta voix se faisait très douce
Pour me dire que tu m'aimais?

Le couchant adoucit le sourire du ciel.
La nuit vient gravement, ainsi qu'une prêtresse.
La brise a déroulé, d'un geste de caresse,
Tes cheveux aux blondeurs de maïs et de miel.

Tes lèvres ont gardé le pli de la parole
Dont mon rêve attentif s'est longtemps enchanté.
Une voix de souffrance et d'extase a chanté
Dans l'ombre d'où l'encens des fleurs blanches s'envole.

Ta robe a des frissons de festins somptueux,
Et, sous la majesté de la noble parure,
Fleurit, enveloppé d'haleines de luxure,
Lys profane, ton corps pâle et voluptueux.

Ta prunelle aux bleus frais s'alanguit et se pâme.
Je vois, dans tes regards pareils aux tristes cieux,
Dans cette pureté dernière de tes yeux,
La forme endolorie et lasse de ton âme.

Là-bas s'apaise enfin l'essaim d'or des guêpiers...
Parmi les rythmes morts et les splendeurs éteintes,
Tu frôles sans les voir les frêles hyacinthes
Qui se meurent d'amour, ayant touché tes pieds.

Sonnet

3.

SONNET

PARLE-MOI, de ta voix pareille à l'eau courante,
Lorsque en moi s'est lassé le souffle des aveux.
Dis-moi des mots railleurs et cruels si tu veux,
Mais enveloppe-moi de la phrase enivrante.

De ce timbre voilé qui m'attriste et m'enchante,
Lorsque mon front s'égare en tes vagues cheveux,
Exprime tes espoirs, tes regrets et tes vœux,
O mon harmonieuse et musicale amante!

Et je t'écouterai comme on écoute un chant,
Sans presque te comprendre et sans rêver... cherchant
Sinon le frais oubli, du moins la somnolence.

Car si tu t'arrêtais, ne fût-ce qu'un moment,
J'entendrais..: j'entendrais au profond du silence
Quelque chose d'affreux qui pleure horriblement.

Soir

SOIR

LA lumière agonise et meurt à tes genoux.
Viens, ô toi dont le front impénétrable et doux
Porte l'accablement des pesantes années :
Douloureuse, et les traits mortellement pâlis,
Viens, sans autre parfum dans ta robe à longs plis
Que le souffle des fleurs depuis longtemps fanées.

Viens, sans fard à ta lèvre où brûle mon désir,
Sans anneaux, — le rubis, l'opale et le saphir
Déshonorent tes doigts laiteux comme la lune, —
Et bannis de tes yeux les reflets du miroir...
Voici l'heure très simple et très chaste du soir
Où la couleur opprime, où le luxe importune.

Délivre ton chagrin du sourire éternel,
Exhale ta souffrance en un profond appel :
Les choses d'autrefois, si cruelles et folles,
Laissons-les au silence, au lointain, à la mort...
Dans le rêve qui sait consoler de l'effort,
Oublions cette fièvre ancienne des paroles.

Je baiserai tes mains et tes divins pieds nus,
Et nos cœurs pleureront de s'être méconnus,
Pleureront les mots vils et les gestes infâmes.
Des vols s'attarderont dans la paix des chemins...
Tu joindras la blancheur mystique de tes mains,
Et je t'adorerai, dans l'ombre où sont les âmes.

*
* *

Ta forme est un éclair qui laisse les bras vides,
Ton sourire est l'instant que l'on ne peut saisir...
Tu fuis, lorsque l'appel de mes lèvres avides
T'implore, ô mon Désir!

Froide comme l'Espoir, ta caresse cruelle
Meurtrit sans assouvir; il n'en reste en effet
Que l'éternelle faim et la soif éternelle
Et l'éternel regret.

Tu frôles sans étreindre, ainsi que la Chimère
Vers qui tendent toujours les vœux inapaisés...
Rien ne vaut ce tourment ni cette extase amère
De tes rares baisers!

Aurore sur la Mer

AURORE SUR LA MER

> .. κατ᾽ ἐμον στάλαγμον
> τὸν δ᾽ ἐπιπλάζοντες ἄμα φέρωιν
> καὶ μεταδόναις·
>
> Ψάπφα

Je te méprise enfin, souffrance passagère !
J'ai relevé le front. J'ai fini de pleurer.
Mon âme est affranchie, et ta forme légère
Dans les nuits sans repos ne vient plus l'effleurer.

Aujourd'hui je souris à l'Amour qui me blesse.
O vent des vastes mers, qui, sans parfum de fleurs,
D'une âcre odeur de sel ranimes ma faiblesse,
O vent du large ! emporte à jamais les douleurs !

Emporte les douleurs au loin, d'un grand coup d'aile,
Afin que le bonheur éclate, triomphal,
Dans nos cœurs où l'orgueil divin se renouvelle,
Tournés vers le soleil, les chants et l'idéal!

Chanson

CHANSON

Le vol de la chauve-souris,
Tortueux, angoissé, bizarre,
Aux battements d'ailes meurtris,
Revient et s'éloigne et s'égare.

N'as-tu pas senti qu'un moment,
Ivre de ses souffrances vaines,
Mon âme allait éperdument
Vers tes chères lèvres lointaines?

Ondine

ONDINE

Ton rire est clair, ta caresse est profonde,
Tes froids baisers aiment le mal qu'ils font;
Tes yeux sont bleus comme un lotus sur l'onde
Et les lys d'eau sont moins purs que ton front.

Ta forme fuit, ta démarche est fluide,
Et tes cheveux sont de légers réseaux;
Ta voix ruisselle ainsi qu'un flot perfide;
Tes souples bras sont pareils aux roseaux,

Aux longs roseaux des fleuves, dont l'étreinte
Enlace, étouffe, étrangle savamment,
Au fond des flots, une agonie éteinte
Dans un cruel évanouissement.

Victoire

VICTOIRE

Donne-moi tes baisers amers comme des larmes,
Le soir, quand les oiseaux s'attardent dans leurs vols.
Nos longs accouplements sans amour ont les charmes
Des rapines, l'attrait farouche des viols.

Repousse, délivrant ta haine contenue,
Le frisson de ma bouche éprise de ta chair.
Pour crier ton dégoût, dresse-toi, froide et nue,
Comme un marbre funèbre aux lueurs d'un éclair.

Tes yeux ont la splendeur auguste de l'orage...
Exhale ton mépris jusqu'en ta pâmoison,
O très chère ! — Ouvre-moi tes lèvres avec rage :
J'en boirai lentement le fiel et le poison.

J'ai l'émoi du pilleur devant un butin rare,
Pendant la nuit de fièvre où ton regard pâlit...
L'âme des conquérants, éclatante et barbare,
Chante dans mon triomphe au sortir de ton lit !

A l'Amie

A L'AMIE

Dans tes yeux les clartés trop brutales s'émoussent.
Ton front lisse, pareil à l'éclatant vélin,
Que l'écarlate et l'or de l'image éclaboussent,
Brûle de reflets roux ton regard opalin.
Ton visage a pour moi le charme des fleurs mortes,
Et le souffle appauvri des lys que tu m'apportes
Monte vers les langueurs du soleil au déclin.

Fuyons, Sérénité de mes heures meurtries,
Au fond du crépuscule infructueux et las.
Dans l'enveloppement des vapeurs attendries,
Dans le soir énervé, je te dirai très bas
Ce que fut la beauté de la Maîtresse unique...
Ah! cet âpre parfum, cette amère musique
Des bonheurs accablés qui ne reviendront pas!

Ainsi nous troublerons longtemps la paix des cendres.
Je te dirai des mots de passion, et toi,
Le rêve ailleurs, longtemps, de tes vagues yeux tendres,
Tu suivras ton passé de souffrance et d'effroi.
Ta voix aura le chant des lentes litanies
Où sanglote l'écho des plaintes infinies,
Et ton âme, l'essor douloureux de la Foi.

Chanson

CHANSON

De ta robe à longs plis flottants
Ruissellent toutes les chimères,
Et tu m'apportes le printemps
Dans tes mains blondes et légères.

J'ai peur de ce frisson nacré
De tes frêles seins, je ne touche
Qu'en tremblant à ton corps sacré,
J'ai peur du charme de ta bouche.

Je me sens grandir jusqu'aux Dieux
Quand, sous mon orgueilleuse étreinte,
Le doux bleu meurtri de tes yeux
S'évanouit, lumière éteinte.

Mais quand, si blanche entre mes bras,
A mon cri d'amour qui se pâme,
Tu souris et ne réponds pas,
Tes yeux fermés me glacent l'âme...

J'ai peur, — c'est le remords spectral
Que l'extase ne saurait taire, —
De t'avoir peut-être fait mal
D'une caresse involontaire.

L'Éternelle Vengeance

L'ÉTERNELLE VENGEANCE

DALILA, courtisane au front mystérieux,
Aux mains de sortilège et de ruse, aux longs yeux
Où luttaient le soleil, l'orage et la nuée,
Rêvait :

  « Je suis l'esclave et la prostituée,
La fleur que l'on effeuille au festin du désir,
La musique d'une heure et le chant d'un loisir,
Ce qui charme, ce qu'on enlace et qu'on oublie.

Mon corps sans volupté se pâme et ploie et plie
Au signe impérieux des passagers amants.
Parmi ces inconnus qui, repus et dormants,
Après la laide nuit dont l'ombre pleure encore,
De leur souffle lascif souillent l'air de l'aurore,
C'est toi le plus haï, Samson, fils d'Israël !
Mon sourire passif répond à ton appel,
Mon corps, divin éclair et baiser sans empreinte,
A rempli de parfums ta détestable étreinte :
Mais, malgré les aveux et les sanglots surpris,
Ne crois pas que ma haine ait moins d'âpres mépris,
Car, dans le lit léger des feintes allégresses,
Dans l'amère moiteur des cruelles caresses,
J'ai préparé le piège où tu succomberas,
Moi, le contentement bestial de tes bras ! »

Elle le supplia sur la couche d'ivoire :
« Astre sanglant, dis-moi le secret de ta gloire. »

Mais l'amant de ses nuits sans amour lui mentit.

Et la soif des vaincus la brûla sans répit.

Elle fut le regard et l'ouïe et l'attente,
La chaude obsession qui ravit et tourmente,
Et, patient péril aux froids destins pareil,
Sa vengeance épia le souffle du sommeil.

Un soir que la Beauté brillait plus claire en elle,
Par l'enveloppement de l'humide prunelle,
Par le geste des bras défaillant et livré
Torturé tendrement, — savamment enivré
De souples seins, de flancs fiévreux, de lèvres lasses,
De murmures mourants et de musiques basses,
Sous les yeux de la femme, implacablement doux,
Dans l'ombre et dans l'odeur de ses ardents genoux,
Sans souvenir, cédant à l'éternelle amorce,
L'homme lui soupira le secret de sa force.

Sonnet à la mort

SONNET A LA MORT

J'ATTENDS, ô Bien-Aimée! ô vierge au chaste front,
Par un soir triomphal de pompe et d'allégresse,
Ton hymen aux blancheurs d'éternelle tendresse,
Car ton baiser d'amour est subtil et profond.

Notre lit sera plein de fleurs qui frémiront,
Et l'orgue clamera la nuptiale ivresse
Dont le sanglot aigu ressemble à la détresse,
Cri d'orgueil où l'angoisse ardente se confond.

6

Et la paix des autels se remplira de flammes ;
Les larmes, les parfums et les épithalames,
La prière et l'encens monteront jusqu'à nous.

Malgré le jour levé, nous dormirons encore
Dans l'alanguissement des lendemains d'époux,
Et notre longue nuit ne craindra plus l'aurore.

Nudité

NUDITÉ

L'OMBRE jetait vers toi des effluves d'angoisse :
Le silence devint amoureux et troublant.
J'entendis un soupir de pétales qu'on froisse,
Puis, lys entre les lys, m'apparut ton corps blanc.

J'eus soudain le mépris de ma lèvre grossière...
Mon âme fit ce rêve attendri de poser
Sur ta grâce où longtemps s'attardait la lumière
Le souffle frissonnant d'un mystique baiser.

6.

Dédaignant l'univers que le désir enchaîne,
Tu gardas froidement ton sourire immortel,
Car la Beauté demeure étrange et surhumaine
Et veut l'éloignement splendide de l'autel.

Éparse autour de toi pleurait la tubéreuse,
Et tes seins se dressaient dans leur virginité...
Dans mes regards brûlait l'extase douloureuse
Qui nous étreint au seuil de la divinité.

Aube incertaine

AUBE INCERTAINE

.

COMME les courtisans près d'un nouveau destin,
Nous attendions ensemble un rayon de l'aurore.
Les songes attardés se poursuivaient encore,
Et tes yeux étaient bleus, — bleus comme le matin.

Déjà je regrettais une douceur passée.
Tes cheveux répandaient une odeur de sommeil.
Dans la crainte de voir éclater le soleil,
Notre nuit s'éloignait, souriante et lassée.

Tel qu'un léger linceul de spectre, le brouillard
Se drapait vaguement avant de disparaître,
Et le ciel était plein d'un immense : Peut-être...
L'aube était incertaine ainsi que ton regard.

Tu semblais deviner mes extases troublées.
Dans l'ombre, je croyais te voir enfin pâlir,
Et j'espérais qu'enfin jaillirait le soupir
De nos cœurs confondus, de nos âmes mêlées.

Nos êtres défaillants frémissaient d'espoirs sourds.
Nous rêvions longuement que c'était l'amour même,
Son immortelle angoisse et son ardeur suprême...
Et le jour s'est levé, comme les autres jours !

Chanson

CHANSON

COMMENT oublier le pli lourd
De tes belles hanches sereines,
L'ivoire de ta chair où court
Un frémissement bleu de veines ?

Et comment jamais retrouver
L'identique extase farouche,
T'oublier, revivre et rêver
Comme j'ai rêvé sur ta bouche ?

7

Lucidité

LUCIDITÉ

L'ART délicat du vice occupe tes loisirs,
Et tu sais réveiller la chaleur des désirs,
Auxquels ton corps perfide et souple se dérobe.
L'odeur du lit se mêle aux parfums de ta robe.
Ton charme blond ressemble à la fadeur du miel.
Tu n'aimes que le faux et l'artificiel,
La musique des mots et des murmures mièvres.
Ton baiser se détourne et glisse sur les lèvres.

Tes yeux sont des hivers pâlement étoilés.
Les deuils suivent tes pas en mornes défilés.
Ton geste est un reflet, ta parole est une ombre.
Ton corps s'est amolli sous des baisers sans nombre,
Et ton âme est flétrie et ton corps est usé.
Languissant et lascif, ton frôlement rusé
Ignore la beauté loyale de l'étreinte.
Tu mens comme l'on aime, et, sous ta douceur feinte,
On sent le rampement du reptile attentif.
Nul amour n'a frémi dans ton être chétif.
Les tombeaux sont encor moins impurs que ta couche,
O Femme! je le sais, mais j'ai soif de ta bouche!

L'Odeur des Vignes

L'ODEUR DES VIGNES

L'ODEUR des vignes monte en un souffle d'ivresse :
La pesante douceur des vendanges oppresse
Parmi la longue paix des automnes sereins.
Voici le champ, meurtri par les longues cultures,
L'enclos tiède, où le fruit livre ses grappes mûres,
Comme une femme offrant l'opulence des seins.

Un spectre de Bacchante erre parmi les treilles,
Sa rouge chevelure et ses lèvres vermeilles,
Ses paupières de pourpre aux replis somptueux,
Brûlent du flamboiement des anciennes luxures,
Et, dévoilant sa chair aux sanglantes morsures,
Elle chante à grands cris le vin voluptueux.

Les baisers sans amour sur les lèvres stupides,
Les regards vacillants dans le fond des yeux vides
Sortiront, enfiévrés, de l'effort du pressoir.
L'air se peuple déjà de visions profanes,
De festins où fleurit le front des courtisanes...
Les effluves du vin futur troublent le soir...

L'odeur des vignes monte en un souffle d'ivresse :
La pesante douceur des vendanges oppresse
Parmi la longue paix des automnes sereins.
Voici le champ, meurtri par les longues cultures,
L'enclos tiède, où le fruit livre ses grappes mûres,
Comme une femme offrant l'opulence des seins.

ELLE écarte en passant les ronces du chemin.
Au geste langoureux et frôleur de sa main
Eclosent blanchement les fraîches églantines...
Mais sa chair s'est blessée à tant d'âpres épines !
J'ai vu saigner ses pieds aux buissons du chemin.

Son lent sourire tombe au sein d'or des corolles.
L'évanouissement de ses vagues paroles
Mêle au soir vaporeux des rythmes envolés
Où d'anciens sanglots vibrent inconsolés...
Son lent sourire tombe au sein d'or des corolles.

8

Dans l'ombre de ses pas pleurent les liserons...
Le jasmin, diadème aux délicats fleurons,
Cet astre atténué, la chaste primevère,
Parent son front de vierge à la beauté sévère...
Là-bas pleurent d'amour les simples liserons.

Son être, où brûle encor l'ardeur des soifs divines,
S'est blessé trop souvent aux sauvages épines, —
J'ai vu saigner son cœur aux buissons du chemin.
Elle va gravement vers le lourd lendemain,
Inlassable et gardant l'ardeur des soifs divines...

J'ai vu saigner son cœur aux buissons du chemin.

Sourire dans la Mort

SOURIRE DANS LA MORT

Οὐ γὰρ θέμις ἐν μουσοπόλων οἰκίᾳ θρῆνον εἶναι·
οὐκ ἄμμι πρέπει τάδε.

Ψάπφα.

Le charme maladif des musiques moroses
Ici ne convient point à l'auguste trépas.
Venez, il faut couvrir de rythmes et de roses
La maison du Poète, où le deuil n'entre pas !

Que, parmi le reflux des clartés, se déploie
La pompe des parfums, des chants et des couleurs :
Avec des cris d'orgueil, d'espérance et de joie,
Jetez à pleines mains les fleurs, les fleurs, les fleurs !

8.

Dédaignant le reflet de l'amertume ancienne,
Son front large rayonne avec sérénité...
Il dort divinement sa nuit olympienne,
Et son baiser d'amour étreint l'éternité.

Sonnet

SONNET

O forme que les mains ne sauraient retenir !
Comme au ciel l'élusif arc-en-ciel s'évapore,
Ton sourire, en fuyant, laisse plus vide encore
Le cœur endolori d'un trop doux souvenir.

Ton caprice lassé, comment le rajeunir,
Afin qu'il refleurisse aux fraicheurs d'une aurore ?
Quels mots te murmurer, quelles fleurs faire éclore
Pour enchanter l'ennui de l'éternel loisir ?

De quels baisers charmer la langueur de ton âme,
Afin qu'exaspéré d'extase, pleure et pâme
Ton être suppliant, avide et contenté?

De quels rythmes d'amour, de quel fervent poème
Honorer dignement Celle dont la beauté
Porte au front le Désir ainsi qu'un diadème?

Chanson

CHANSON

Le soir verse les demi-teintes
Et favorise les hymens
Des véroniques, des jacinthes,
Des iris et des cyclamens.

Charmant mes gravités meurtries
De tes baisers légers et froids,
Tu mêles à mes rêveries
L'effleurement blanc de tes doigts.

9

Les Yeux gris

LES YEUX GRIS

Le charme de tes yeux sans couleur ni lumière
Me prend étrangement : il se fait triste et tard,
Et, perdu sous le pli de ta pâle paupière,
Dans l'ombre de tes cils sommeille ton regard.

J'interroge longtemps tes stagnantes prunelles.
Elles ont le néant du soir et de l'hiver
Et des tombeaux : j'y vois les limbes éternelles,
L'infini lamentable et terne de la mer.

Rien ne survit en toi, pas même un rêve tendre.
Tout s'éteint dans tes yeux sans âme et sans reflet,
Comme un foyer rempli de silence et de cendre.
Le jour râle là-bas dans le ciel violet.

Dans cet accablement du morne paysage,
Ton froid mépris me prend des vivants et des forts.
J'ai trouvé dans tes yeux la paix sinistre et sage,
Et la mort qu'on respire à rêver près des morts.

Naïade moderne

NAIADE MODERNE

LES remous de la mer miroitaient dans ta robe.
Ton corps semblait le flot traître qui se dérobe.
Tu m'attirais vers toi comme l'abîme et l'eau ;
Tes souples mains avaient le charme du réseau,
Et tes vagues cheveux flottaient sur ta poitrine,
Fluides et subtils comme l'algue marine.

Cet attrait décevant qui pare le danger
Rendait encor plus doux ton sourire léger;
Ton front me rappelait les profondeurs sereines,
Et tes yeux me chantaient la chanson des sirènes.

Sonnet

SONNET

Tes cheveux irréels, aux reflets clairs et froids,
Ont des lueurs de lune et des lumières blondes ;
Tes regards ont l'azur des éthers et des ondes ;
Ta robe a le frisson des brises et des bois.

Je brûle de baisers la blancheur de tes doigts.
L'air nocturne répand la poussière des mondes.
Pourtant je ne sais plus, au sein des nuits profondes,
Te contempler avec l'extase d'autrefois.

Car l'Astre t'effleura d'une lueur oblique,
Et ce fut un éclair lugubre et prophétique
Révélant la hideur au fond de ta beauté.

Je vis, — oh! la terreur de ce rêve profane! —
Sur ta lèvre, pareille aux aurores d'été,
Un sourire fané de vieille courtisane.

* * *

Le souffle violent et superbe des roses
M'enivre comme un vin mélangé de poisons.
Tes yeux bleus, à travers tes paupières mi-closes,
Recèlent les lueurs des vagues trahisons.

A l'heure où dans les prés brûlent les lucioles,
A l'heure de désir et d'ensorcellement,
Tu prodigues en vain les lascives paroles...
Je te hais et je t'aime abominablement.

Chanson

CHANSON

Ta chevelure d'un blond rose
A l'opulence du couchant,
Ton silence semble une pause
Adorable au milieu d'un chant.

Et tu passes, ô Bien-Aimée,
Dans le frémissement de l'air...
Mon âme est toute parfumée
Des roses blanches de ta chair.

Lorsque tu lèves les paupières,
Tes yeux pâles, d'un bleu subtil,
Reflètent les larges lumières,
Et les fleurs t'appellent : Avril !

Sonnet

SONNET

Elles passent au loin, frêles musiciennes.
Leur présence est pareille à l'ombre d'une voix,
Et leur souffle est dans l'air plein de légers émois,
D'accords agonisants aux langueurs lesbiennes.

Elles vont enseigner, formes aériennes,
L'harmonie et la règle aux rossignols des bois
Et murmurent en chœur leurs amours d'autrefois,
Aux sons luxurieux des lyres anciennes.

11

Leurs vers de passion pleurent au fond des nuits.
Elles mêlent des vols, des frissons et des bruits
Aux forêts de mystère et d'ombre recouvertes.

Comme pour exhaler le chant ou le soupir
On les sent hésiter, les lèvres entr'ouvertes...
Et le poète seul les entend revenir.

Morts inquiets

MORTS INQUIETS

L'ÉCLAT de la fanfare et l'orgueil des cymbales,
Réveillant les échos, se prolongent là-bas,
Et, sous l'herbe sans fleurs des fosses martiales,
Les guerriers assoupis rêvent d'anciens combats.

Ils ne s'enivrent point des moiteurs de la terre
Tiède de baisers las et de souffles enfuis...
Seuls, ils ne goûtent point l'enveloppant mystère,
La paix et le parfum des immuables nuits.

Car leur sépulcre est plein de cris et de fumée
Et, devant leurs yeux clos en de pâles torpeurs,
Passe la vision de la plaine embrumée
D'haleines, de poussière et de rouges vapeurs.

Ils attendent, tout prêts à se lever encore,
Les premières lueurs, le clairon du réveil,
Le lourd piétinement des chevaux à l'aurore,
Les chansons du départ... et la marche au soleil!

Que le ciel triomphal du couchant leur rappelle
Les vieux champs de bataille et de gloire, en versant
L'écarlate sinistre et la pourpre cruelle
De ses reflets, pareils aux larges flots de sang!

Que le vent, aux clameurs de victoire et de rage,
Le vent qui dispersait la cendre des foyers,
Mêle à leur tombe ardente, avec un bruit d'orage,
Le superbe frisson des drapeaux déployés!

Sommeil

SOMMEIL

Ton sommeil m'épouvante, il est froid et profond
Ainsi que le Sommeil aux langueurs éternelles.
J'ai peur de tes yeux clos, du calme de ton front,
Je guette, et le silence inquiet me confond,
Un mouvement des cils sur la nuit des prunelles.

Je ne sais, présageant les mortelles douleurs,
Si, dans la nuit lointaine où l'aurore succombe,
Ton souffle n'a pas fui comme un souffle de fleurs,
Sans effort d'agonie et sans râle et sans pleurs,
Et si ton lit d'amour n'est pas déjà la tombe.

Sonnets

SONNETS

I

L'OMBRE assourdit le flux et le reflux des choses.
Parmi l'accablement des parfums et des fleurs,
Tes lèvres ont pleuré leurs rythmiques douleurs
Dans un refrain mêlé de sanglots et de pauses.

Et la langueur des lits, la paix des portes closes,
Entourent nos désirs et nos âpres pâleurs...
Dédaignant la lumière et le fard des couleurs,
Nous mêlons aux baisers le soir trempé de roses.

Tes yeux aux bleus aigus d'acier et de cristal
S'entr'ouvrent froidement, ternis comme un métal ;
Le ciel s'est recouvert d'une brume blafarde.

Effleurant ton sommeil opprimé sous le faix
Des ivresses, la lune aux longs reflets s'attarde
Sur la ruine d'or de tes cheveux défaits.

II

Dans la fièvre du ciel nocturne, l'aube passe,
Les mains fraîches, riant dans le ciel argentin,
Et, comme les débris d'un somptueux festin,
Les nuages fanés s'effeuillent dans l'espace.

Tes yeux ont le reflet des eaux mortes; ta grâce
D'amoureuse blêmit au souffle du matin;
De tes lèvres s'exhale un soupir enfantin;
Lentement s'alanguit ta forme ardente et lasse.

L'aurore impitoyable a rempli l'horizon.
Nos baisers attardés craignent la trahison
Des imprévus retours de la lumière errante.

Lève tes yeux, remplis des vapeurs du sommeil.
Vois, la virginité de la lune expirante
A préféré la mort au baiser du soleil.

Chanson

CHANSON

J'AI l'âme lasse du destin
Et je ne veux plus voir le monde
Qu'à travers le voile divin
De tes pâles cheveux de blonde.

Sur mon front, haï des sommeils
Et que le délire importune,
Répands tes doux cheveux, pareils
A des rayons de clair de lune.

Puisque le passé pleure seul
Parmi les félicités brèves,
Fais de tes cheveux un linceul
Afin d'ensevelir mes rêves.

Amazone

AMAZONE

L'AMAZONE sourit au-dessus des ruines,
Tandis que le soleil, las de luttes, s'endort.
La volupté du meurtre a gonflé ses narines :
Elle exulte, amoureuse étrange de la mort.

Elle aime les amants qui lui donnent l'ivresse
De leur fauve agonie et de leur fier trépas,
Et, méprisant le miel de la mièvre caresse,
Les coupes sans horreur ne la contentent pas.

Son désir, défaillant sur quelque bouche blème
Dont il sait arracher le baiser sans retour,
Se penche avec ardeur sur le spasme suprême,
Plus terrible et plus beau que le spasme d'amour.

Sonnet

SONNET

L'ORGUEIL des lourds anneaux, la pompe des parures.
Mêlent l'éclat de l'art à ton charme pervers.
Et les gardénias langoureux des hivers
Se meurent dans tes mains aux caresses impures.

Ta bouche délicate aux fines ciselures
Excelle à moduler l'artifice des vers :
Sous les flots de satin savamment entr'ouverts,
Ton sein s'épanouit en de blanches luxures.

Le reflet des saphirs assombrit tes yeux bleus.
Le rythmique remous de ton corps onduleux
Fait un sillage d'or au milieu des lumières.

Quand tu passes, gardant un sourire ténu,
Blond pastel surchargé de parfums et de pierres,
Je songe à la splendeur de ton corps libre et nu.

Nocturne

NOCTURNE

J'ADORE la langueur de ta lèvre charnelle
Où persiste le pli des baisers d'autrefois.
      Ta démarche ensorcelle,
Et ton impitoyable et perverse prunelle
A pris au ciel du nord ses bleus traitres et froids.

Tes cheveux, répandus ainsi qu'une fumée,
Légers et vaporeux, presque immatériels,
      Semblent, ó Bien-Aimée,
Recéler les rayons d'une lune embrumée,
D'une lune d'hiver dans le cristal des ciels.

Le soir voluptueux a des moiteurs d'alcôve ;
Les astres sont pareils aux regards sensuels
          Dans l'éther d'un gris mauve,
Et je vois s'allonger, inquiétant et fauve,
Le lumineux reflet de tes ongles cruels.

Sous ta robe, qui glisse en un frôlement d'aile,
Je devine ton corps, — les lys ardents des seins,
          L'or blême de l'aisselle,
Les flancs doux et fleuris, les jambes d'Immortelle,
Le velouté du ventre et la rondeur des reins.

La terre s'alanguit, énervée, et la brise,
Chaude encore des lits lointains, vient assouplir
          La mer lasse et soumise...
Voici la nuit d'amour depuis longtemps promise...
Dans l'ombre je te vois divinement pâlir.

Table

TABLE

TABLE   157

Achevé d'imprimer

le dix-sept avril mil neuf cent un

PAR

ALPHONSE LEMERRE

6, RUE DES BERGERS, 6

A PARIS

Extrait du Catalogue de la Librairie Alphonse Lemerre

POETES CONTEMPORAINS

Volumes in-18 jésus. — Chaque volume : 3 fr.

Paris. — Imp. A. LEMERRE, 6, rue des Bergers. — o.-3644.

Imprimé en France
FROC021730270220
23549FR00021B/396